LES PETITS LIVRES DE M. LE CURÉ

Bibliothèque du Presbytère, de la Famille et des Écoles.

HISTOIRE

DE

SAINT VINCENT DE PAUL,

PAR

M. TH. NISARD

PAUL MELLIER, ÉDITEUR,

35

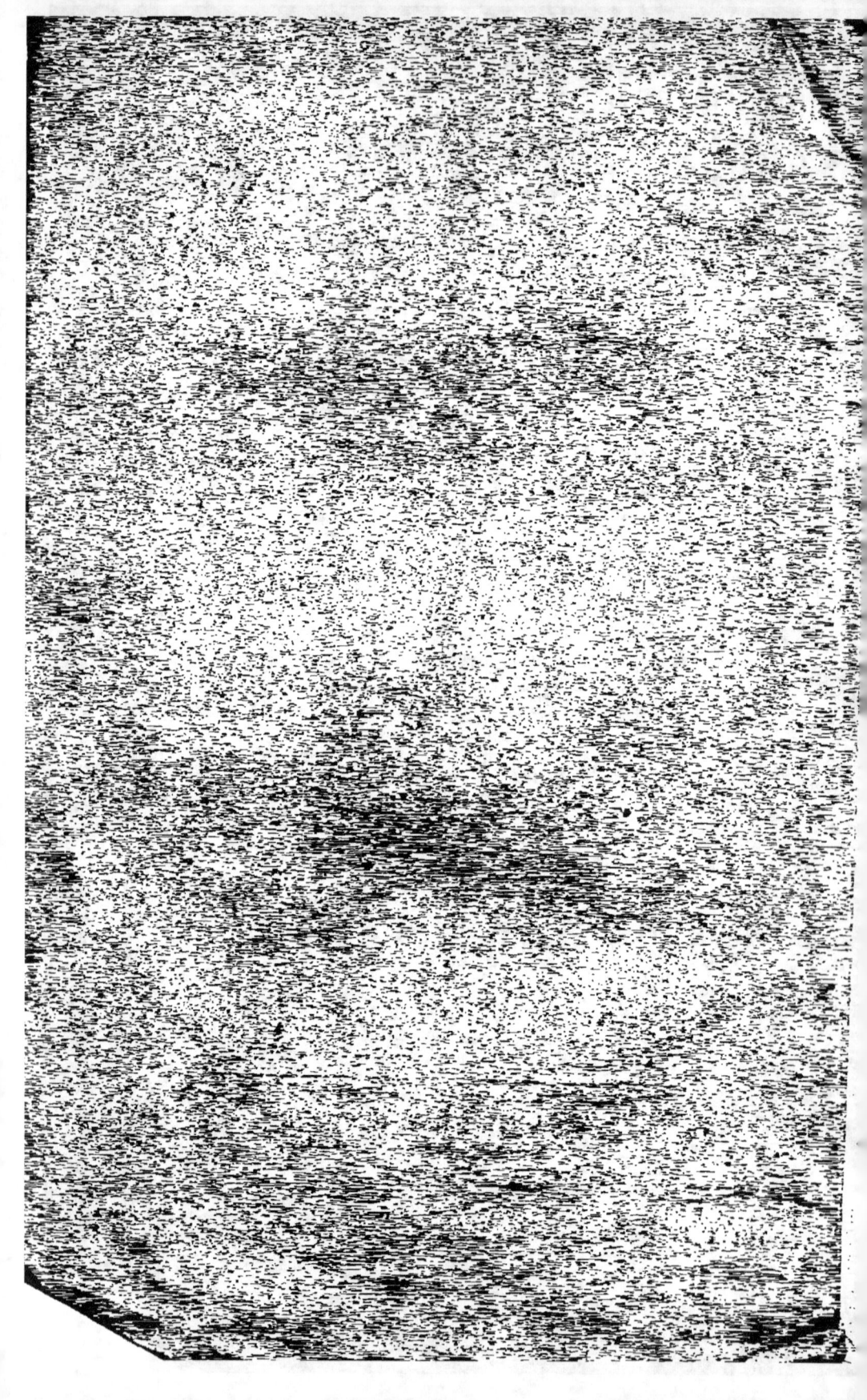

DENIS-AUGUSTE AFFRE, par la miséricorde divine et la grâce du Saint-Siége Apostolique, Archevêque de Paris.

MM. Plon et Paul Mellier, éditeurs, ayant soumis à notre approbation les ouvrages ci-dessous indiqués, faisant partie d'une collection ayant pour titre : LES PETITS LIVRES DE M. LE CURÉ, BIBLIOTHÈQUE DU PRESBYTÈRE, DE LA FAMILLE ET DES ÉCOLES, savoir : *Histoire de Saint Vincent de Paul*, 1 vol. ; *Histoire de Sainte Geneviève*, 1 vol.; *l'Habitant des Ruines*, 1 vol.; *le Contre-Maître*, 1 vol.; *le Père Lejeune*, 1 vol.; *Comment on devient heureux*, 1 vol.; *la Visite aux Prisonniers*, 1 vol ; *les Pains de six livres*, 1 vol.; *les Péchés capitaux*, 2 vol.,

Nous les avons fait examiner, et, sur le rapport qui nous en a été fait, nous avons cru qu'ils pouvaient offrir aux personnes auxquelles ils sont destinés une lecture intéressante et sans danger.

Donné à Paris, sous le seing de notre Vicaire-Général, le sceau de nos armes et le contre-seing de notre Secrétaire, le quatorze mars mil huit cent quarante-quatre.

F. DUPANLOUP,
Vicaire-général.

Par Mandement de Monseigneur
l'Archevêque de Paris :

E. HIRON,
Chanoine honoraire, pro-secrétaire.

LES
PETITS LIVRES DE M. LE CURÉ,

BIBLIOTHÈQUE
du Presbytère, de la Famille et des Écoles.

———— • ————

HISTOIRE
DE
SAINT VINCENT DE PAUL,

PAR

M. THÉODORE NISARD.

———— • ————

PARIS,

CHEZ PAUL MELLIER, LIBRAIRE-ÉDITEUR,

PLACE SAINT-ANDRÉ-DES-ARTS, 11,

1844

IMPRIMÉ PAR BÉTHUNE ET PLON, A PARIS.

HISTOIRE

DE

SAINT VINCENT DE PAUL.

CHAPITRE PREMIER.

Naissance et premières années de saint Vincent de Paul.

Sous le dernier des Valois, dans le hameau de Ranquines, du canton de Pouy, diocèse de Dax, que nous appelons aujourd'hui le département des Landes, vivait un vertueux villageois, père de six enfants, qu'il nourrissait péniblement du produit de la culture de son petit héritage ; il se nommait Jean de Paul, et sa femme Bertrande de Moras. La bénédiction du Seigneur descendit sur cette religieuse famille, et fit naître au milieu d'elle saint Vincent de Paul, cette fleur du ciel, qui devait bientôt exhaler parmi les hommes le parfum de la plus suave charité !

Vincent, troisième fils de Jean de Paul, vit le jour le 24 avril 1576. Son berceau fut humble et pauvre comme celui de Jésus-Christ naissant ; et son enfance se passa, comme celle du fils de Jessé, à garder un troupeau. Par une coïncidence remarquable, vers cette époque, un autre pâtre, Perretti de Montalte, montait sur le trône de saint Pierre, sous l'illustre nom de Sixte-Quint.

Dès ses plus tendres années, notre saint donna des marques d'une piété extraordinaire. On voit, non loin de Pouy, une antique chapelle dédiée à Notre-Dame de Buglosse, et dont on attribue la fondation à ces chrétiens qui fuyaient d'Espagne devant le terrible glaive des Maures. C'est là que le jeune enfant allait souvent prier, le soir, après avoir ramené ses mou-

tons à la bergerie. La charité semblait s'être

incarnée en lui. Toutes les fois qu'il rencontrait un pauvre, il lui faisait l'aumône selon ses faibles moyens. Un jour, ayant, par beaucoup d'économie et sans doute en se retranchant le nécessaire, amassé près de trente sous, il donna la somme entière à un malheureux vieillard. Lorsqu'il allait, le samedi, chercher au moulin la farine destinée aux besoins de la famille, s'il rencontrait des indigents, et qu'il ne lui restât plus rien autre chose, il leur en donnait des poignées. Loin de le désapprouver, son père encourageait par de justes éloges la charité du jeune Vincent.

Un enfant si remarquable ne pouvait échapper à l'attention de ces hommes pieux qui se dévouent à l'éducation de la jeunesse. Il fut mis au couvent des cordeliers de Dax, où il étudia fortement. Là, sa vocation ecclésiastique s'étant complétement confirmée, il entra dans les ordres ; sous-diacre, le jour de la Conception de de la vierge Marie, 1598 ; diacre au mois de décembre de la même année ; il fut ordonné prêtre le 23 septembre 1600.

Les vicaires-généraux de Dax le nommèrent curé de la petite ville de Thilh ; mais un compétiteur ayant précédemment obtenu cette cure du saint-siége, Vincent se retira humblement et reprit ses études. Son père mourut sur ces entrefaites. Vincent abandonna sa portion de l'héritage paternel à sa mère, à ses frères et à ses sœurs; quant à lui, il pourvut à ses propres dépenses en se mettant à la tête d'un petit établissement d'éducation religieuse. Bientôt après, cependant, il se rendit à l'université de Toulouse, où il prit tous ses grades en théologie. Telle était son humilité qu'il ne parla jamais de cette dernière circonstance, qui n'a été connue qu'après sa mort.

CHAPITRE II.

Captivité de saint Vincent de Paul en Barbarie.

Une épreuve terrible, comme celles que Dieu envoie à ses élus, vint alors assaillir notre saint. Il était allé à Marseille, comme autrefois le jeune Tobie à Ragès, pour y réclamer une vieille dette, dont il abandonna généreusement au débiteur la plus grande partie. Il revenait par mer : « Je m'embarquai, dit-il, pour Narbonne, afin d'y arriver plus tôt, et pour épargner quelque chose que je destinais aux pauvres. Le vent nous était tellement favorable que nous

devions arriver ce jour-là même à bon port, si
Dieu n'avait pas permis que trois brigantins
turcs, qui côtoyaient le golfe de Lyon pour at-
traper les barques qui venaient de la foire de
Beaucaire, ne nous eussent attaqués si vivement que, deux ou trois des nôtres étant
tués, les autres blessés, et moi-même ayant
reçu un coup de flèche qui me servira d'*hor-
loge* (1) tout le reste de ma vie, nous n'eus-
sions été contraints de nous rendre à ces félons.
Les premiers éclats de l'orage tombèrent sur
notre pilote : ils le hachèrent en mille pièces ;
cela fait, ils nous enchaînèrent ; et, après nous
avoir grossièrement pansés, ils poursuivirent
leur pointe, faisant mille *voleries ;* ils prirent
enfin la route de Barbarie, tanière de voleurs. »

Les captifs furent conduits à Tunis, près des
ruines de Carthage. Après avoir été exposés sur
le marché public, ils furent ramenés à bord et
soumis à l'inspection des marchands. « Ils nous
visitèrent, ajoute Vincent de Paul, tout de
même que lorsqu'il s'agit de l'achat d'un che-
val ou d'un bœuf, nous faisant ouvrir la bouche
pour voir nos dents, palpant nos côtes, son-
dant nos plaies et nous faisant marcher, trotter

(1) De souvenir.

et courir, puis lever des fardeaux, puis lutter pour voir la force de chacun de nous, et mille autres sortes de brutalités. »

Pendant sa captivité, Vincent pratiqua toujours cette vertu si chrétienne et cependant si rare, — la résignation. Il servit successivement quatre maîtres. Le premier était un pêcheur, qui le revendit à un alchimiste très-instruit. Celui-ci, en mourant, le légua à l'un de ses neveux qui, à son tour, revendit notre saint à un renégat de Nice. « Cet apostat, continue saint Vincent, m'emmena à son témat ; ainsi s'appelle le bien que l'on tient comme métayer du grand-seigneur, car le peuple n'a rien, tout est au sultan. Le témat de celui-ci était dans la montagne, où le pays est extrêmement chaud et désert. L'une des trois femmes qu'il avait était Grecque chrétienne mais schismatique ; une autre était Turque, qui servit d'instrument à l'immense miséricorde de Dieu pour retirer son mari du crime et le ramener dans le sein de l'Église. Curieuse qu'elle était de savoir notre façon de vivre, elle me venait voir tous les jours aux champs où je travaillais. Une fois elle me commanda de chanter les louanges de mon Dieu : le souvenir des enfants d'Israël captifs à Babylone me fit commencer, les larmes aux

yeux, le psaume *Super flumina Baby-*

lonis, le *Salve, regina,* et plusieurs autres choses qui la touchèrent beaucoup. Cette femme fit tant par ses discours, que son mari me dit dès le lendemain qu'il voulait passer en France à la première occasion pour s'y convertir. Cette occasion se fit attendre dix mois, au bout desquels nous nous sauvâmes avec un petit esquif; nous nous rendîmes, le 28 juin 1607, à Aigues-Mortes, et bientôt après à Avignon, où le vice-légat reçut publiquement mon maître qui tint parole, et édifia les fidèles par une abjuration sincère. »

Ces touchants détails nous ont été conservés dans une lettre écrite par saint Vincent peu après son arrivée dans la ville d'Avignon, et qui ne fut connue que cinquante ans plus tard. Vincent voulut alors l'anéantir; mais Dieu, qui aime à glorifier ses serviteurs, ne permit pas que l'humilité du saint dérobât à la postérité un si précieux document d'édification.

CHAPITRE III.

Voyage de Vincent de Paul à Rome. — Il est envoyé à Paris.

Le vice-légat conçut pour Vincent une affectueuse estime, et, obligé de retourner à Rome, il le pria de l'y accompagner. Le saint saisit avec empressement l'occasion de ce pieux pèlerinage. Il partit en 1608.

Quelle ne dut pas être son émotion, lorsqu'en descendant des cimes de l'Apennin, il vit dans une plaine aride et désolée l'antique reine du monde qui, tombée de son trône, se consola d'abord dans le sein du christianisme, et à qui le christianisme rendit bientôt une gloire plus éclatante et plus réelle que celle qu'elle avait autrefois acquise par les armes ; lorsqu'il aperçut, dans les airs, ce dôme de Saint-Pierre ; lorsqu'il traversa le pont Milvius, témoin de la victoire de Constantin sur Maxence ; lorsqu'il foula aux pieds cette terre où reposent les ossements de tant de saints ; lorsqu'il parcourut ce cirque où les chrétiens, enduits de poix, éclairaient d'une lueur funèbre les orgies de Néron ; lorsqu'il pénétra dans ce Colisée où coula par torrents le sang des martyrs de la foi ; lorsqu'enfin il s'enfonça dans les catacombes, asile mystérieux d'où le christianisme vainqueur alla planter la croix sur le sommet du Capitole !

A Rome, Vincent de Paul ne donna rien à la curiosité mondaine. Des visites aux lieux saints, l'étude et la prière occupaient tous ses instants. Le vice-légat lui donnait le logement et la table, et, de plus en plus charmé des vertus du jeune prêtre, il en parlait partout avec éloge ; mais ce fut cela même qui le lui fit perdre plus tôt qu'il ne l'aurait voulu. Présenté par lui aux ministres français chargés près du pape Paul V des affaires du roi de France, il se fit aimer, admirer. On le jugea digne de remplir auprès du roi une mission importante et secrète, dont le sujet devait être exposé verbalement au monarque. Il arriva en France vers le commencement de 1609, et fut reçu par le prince en audience particulière. Henri IV et Vincent de Paul étaient deux âmes d'élite, capables de s'apprécier l'une l'autre. Il est certain que Henri IV fut fort content du messager qu'on lui avait adressé, et sans doute il lui eût donné des marques de sa royale bienveillance, si la mort ne l'avait surpris, comme on le sait, le 14 mai de l'année suivante. Il eût été très-facile à Vincent de Paul de se trouver de puissants protecteurs, et de parvenir aux plus éminentes dignités ecclésiastiques ; mais fuyant les honneurs, il ne rechercha que la société des hommes vertueux. Saint François de Sales, César de Bus, et particulièrement le cardinal de Bérulle, furent ses amis. C'est dans leur intimité qu'il conçut presque toutes les généreuses pensées qu'il réalisa plus tard.

CHAPITRE IV.

Vincent de Paul est accusé de vol. — Son innocence est reconnue.

Dans le commerce de ces amitiés pieuses, dans la constante pratique de toutes les vertus chrétiennes, consacrant chaque jour une grande partie de son temps à visiter les malades de l'hôpital de la Charité, notre saint voyait ses jours couler paisiblement, lorsqu'il eut à subir une seconde épreuve plus cruelle que la première, parce qu'elle se présenta sous la forme redoutable de la calomnie. Il fut accusé de vol!

Afin d'épargner pour les pauvres, il habitait avec un de ses compatriotes, juge de la petite ville de Sore, une chambre commune. Un jour, ce juge sortit laissant imprudemment quatre

cents écus dans une armoire qu'il oublia de

fermer. Vincent était malade au lit et devait ce jour-là prendre quelque remède, qu'un garçon pharmacien lui apporta bientôt après. Celui-ci, en cherchant un bol pour y mettre sa potion, vit l'argent et s'en empara. Vincent ne s'aperçut de rien. En rentrant, le juge, étonné de ne plus retrouver sa bourse, la demande à Vincent. Le saint déclare n'en avoir aucune connaissance. L'autre se croit volé par son compagnon, s'emporte en invectives et le chasse de sa présence. Il fait plus : il va diffamer Vincent chez tous ses amis et chez M. de Bérulle lui-même, alors supérieur des oratoriens. Exempt de trouble et de ressentiment, notre saint se contentait de dire : « *Dieu sait la vérité.* »

Ce Dieu juste ne voulut point laisser l'opprobre peser long-temps sur la tête de son serviteur, qui acceptait l'ignominie sans se plaindre pour marcher sur les traces de Jésus-Christ. Le voleur, arrêté pour quelque nouveau méfait dans les environs de Bordeaux, fit un aveu complet du crime qu'il avait antérieurement commis, et justifia pleinement Vincent de Paul.

Quels furent la confusion, le remords, le repentir de ce juge, qui, sur de vains soupçons, avait osé flétrir le nom de son ami, d'un juste!

Dans sa douleur il écrivit à Saint-Vincent de Paul pour solliciter sa grâce, protestant que, s'il la lui refusait, *il viendrait lui-même à Paris se jeter à ses pieds et implorer son pardon la corde au cou.* Ce sont ses propres termes. Vincent lui répondit : « *Mon frère, vous ne m'avez pas offensé.* » Quelle vertu sublime ! quelle perfection ! Dans une conjoncture si capable de bouleverser des âmes ordinaires, celle de Saint-Vincent de Paul n'éprouva pas la moindre altération ; tant est puissante en nous cette voix de Dieu, qu'on nomme la conscience ! Mais, dès-lors, il se plongea plus profondément encore dans la retraite et l'obscurité, remplaçant son nom de famille, qu'il avait signé jusqu'alors, par son nom de baptême, et se faisant passer pour un pauvre étudiant qui savait à peine les éléments de la grammaire.

CHAPITRE V.

Vincent de Paul est nommé aumônier de la reine Marguerite. — Il accepte la cure de Clichy.

Vincent de Paul voulut en vain se dérober aux faveurs et aux applaudissements des hom-

mes : les honneurs, qu'il fuyait, vinrent bientôt
l'arracher à son humble et paisible retraite.
Marguerite de France, informée des vertus de
Vincent, le nomma son aumônier. Le saint ne
conserva pas long-temps cette dignité. Persuadé
du danger que courent les ecclésiastiques dans
le commerce trop intime des séculiers, et connaissant d'ailleurs les précieux avantages de la
retraite, le saint choisit la maison des Oratoriens, non pour s'y faire agréger, mais unique-
ment pour se séparer du monde. Leur supérieur-général, Pierre de Bérulle, homme d'un
vaste savoir et d'une piété profonde, était né en
1575. A peu près du même âge que Vincent
de Paul, Bérulle partageait ses goûts et ses sentiments, et avait conçu pour le saint autant d'a-
mitié que d'estime.

Sur ces entrefaites, la cure de Clichy vint à
vaquer par la démission du titulaire. Le pieux
oratorien la fit conférer à son ami, qui, déjà
connu à la cour et pouvant aspirer à de hautes
dignités ecclésiastiques, accueillit néanmoins
avec joie les humbles fonctions de curé de campagne. Clichy! ce nom rappelle aux hommes de
nos jours des infortunes que le charitable Vincent, s'il vivait parmi nous, trouverait encor
le moyen de soulager!

En arrivant, il vit une église délabrée. Sans rien demander à ses paroissiens, il la fit rebâtir et la pourvut de tous les objets nécessaires au culte. Il trouva des cœurs froids, indifférents à la religion ; mais par ses discours, par ses bienfaits, il sut les réchauffer : animé d'un zèle ardent, il transforma bientôt sa paroisse ; un parfum de vertu et de bonheur s'exhalait de Clichy, et se répandait de proche en proche, épanouissant tous les cœurs. Voici comment s'explique à cette occasion un docteur de la Faculté de Paris, qui allait quelquefois prêcher dans cette paroisse :

« Vincent, dit-il, y a fait naître, par les ordres du ciel, cette petite fontaine, qui, visiblement, se fait un grand fleuve mille fois plus précieux que le Nil sur l'Égypte ; je m'employais, lorsqu'il jetait les fondements d'un si saint et si salutaire ouvrage, à prêcher ce bon peuple de Clichy, dont il était curé ; mais j'avoue que les habitants, en général, vivaient comme des anges, et qu'à vrai dire j'apportais la lumière au soleil. »

On conçoit le respect, la vénération, l'amour, que les paroissiens de Clichy avaient pour leur père spirituel ; et l'on peut en voir la preuve dans cette lettre, que lui écrivait son

2

vicaire pendant un petit voyage que fit le saint :
« Messieurs les curés nos voisins désirent fort
votre retour, et les bourgeois, ainsi que les habitants, le désirent avec non moins d'ardeur.
Venez donc, monsieur, venez tenir votre troupeau dans le bon chemin où vous l'avez mis,
car il souhaite vivement votre présence. »

Mais Dieu n'avait pas allumé cette lampe
pour qu'elle demeurât cachée sous le boisseau,
et le moment approchait où le troupeau allait
perdre son bien aimé pasteur.

CHAPITRE VI.

Vincent de Paul est chargé de l'éducation des fils d'Emmanuel de Gondi. — Il empêche un duel.

Philippe-Emmanuel de Gondi, comte de
Joigny, général des galères de France, avait
deux fils, Pierre, né en 1602, et Henri, son
cadet, qui mourut jeune. Il voulut leur donner
un précepteur et s'adressa, dans ce but, au
Père de Bérulle, qui désigna sur le champ Vincent de Paul comme étant l'homme le plus
capable et le plus digne d'un pareil emploi.

Ce fut avec de vifs regrets que saint Vincent

de Paul quitta son presbytère. « Je m'éloignai
» tristement, dit-il dans une de ses lettres, de
» ma petite église de Clichy; mes yeux étaient
» mouillés de larmes, et je bénis en sanglotant
» ces hommes et ces femmes qui venaient vers
» moi et que j'avais tant aimés. Mes pauvres y

» étaient aussi, et ceux-là me fendaient le cœur.
» Je marchais avec mon petit mobilier sur la
» route de Clichy; j'arrivai à Paris le 25 janvier
» au soir (1614), et, après avoir sollicité les
» conseils du P. de Bérulle, je me rendis chez
» M. de Gondi. Cette maison devait être pour

» moi comme un monde nouveau : elle était
» brillante comme la cour, et je quittais la re-
» traite ! Mais l'homme peut se faire un désert
» au milieu des cités, une solitude dans les dis-
» tractions. On me donna une belle chambre ;
» et j'y vécus comme dans une cellule, m'occu-
» pant de mes devoirs et de l'éducation de
» MM. de Gondi. »

Peu de temps après son entrée dans cette famille, Vincent eut occasion de rendre à son
noble patron un service qui intéressait au plus
haut degré sa vie et son âme immortelle. Une
affaire d'honneur obligeait M. de Gondi, selon
les fausses et pernicieuses maximes du monde,
à se battre en duel. Communément alors en pareille rencontre, on entendait d'abord la messe,
par un bizarre mélange de faux point d'honneur et de religion. De Gondi se conforma aux
exigences de ce singulier usage.

Après le divin sacrifice, Vincent de Paul
prend M. de Gondi à part dans la chapelle, se
jette à ses genoux et lui dit : « Souffrez, mon-
» sieur , que je vous dise un mot en toute hu-
» milité. Je sais de bonne part que vous allez
» vous battre en duel ; mais je vous déclare, de
» la part de mon Sauveur, que si vous ne quittez
» ce mauvais dessein, il exercera sa justice sur

» vous et sur toute votre postérité. » Touché de
ces paroles que Vincent accompagnait de larmes
et de toutes les marques d'une douleur profonde, de Gondi eut le courage, bien rare à
cette époque où les hommes s'égorgeaient
comme de nos jours en duel pour les motifs
les plus frivoles, de renoncer à son projet, et
d'abandonner le soin de sa vengeance à celui
qui en est le seul et juste dispensateur.

CHAPITRE VII.

Origine des missions religieuses.

Ce fut pendant son séjour chez M. de Gondi,
que saint Vincent conçut la première idée de
ces missions dont les fruits ont été si doux et si
nombreux.

Voici à quelle occasion.

Il avait accompagné la comtesse à son châ-
teau de Folleville, dans le diocèse d'Amiens.
Sa réputation de sainteté attira bientôt autour
de lui un grand nombre de pénitents. On vint
un jour lui dire qu'un paysan de Gannes, petit
village des environs, désirait se confesser à lui.
Cet homme s'acquittait régulièrement de ses
devoirs extérieurs de chrétien ; mais jusqu'alors

il avait commis autant de sacriléges qu'il avait
communié de fois, car il n'avait jamais avoué
au tribunal de la pénitence certains péchés qui
pesaient lourdement sur sa conscience. L'ap-
proche de la mort fait rentrer l'homme en lui-
même. Lorsque ce paysan, atteint d'une maladie grave, se vit sur le bord de la tombe,
il fit appeler Vincent, qui s'empressa de voler
à son secours, reçut une confession sincère et
générale, et lui donna l'absolution. « Ah ! lui
» dit alors ce pauvre pécheur soulagé d'un poids
» énorme, que ne vous dois-je pas? Sans vous
» j'étais damné ! » Trois jours après, le malade
mourut, bénissant le saint prêtre qui l'avait
réconcilié avec son Dieu.

Vincent comprit qu'un cas semblable devait
se présenter souvent, surtout chez les habitants
de la campagne. Il résolut donc d'y remédier,
et commença par prêcher dans l'église de Folleville, le 25 janvier 1617, jour anniversaire de
la conversion de saint Paul, sur les dispositions
que l'on doit apporter au saint tribunal, et sur
les caractères de la vraie pénitence. Son discours
produisit une impression profonde. « Les bons
» habitants de Folleville, dit saint Vincent, fu-
» rent si touchés, qu'ils vinrent pour faire leur
» confession générale. Je continuai à les instruire

» et à les disposer aux sacrements, et commen-
» çais à les entendre ; mais la presse fut si
» grande que, ne pouvant plus y suffire avec un
» autre prêtre qui m'aidait, je fus forcé d'avoir
» recours aux révérends pères d'Amiens. Je
» passai ensuite dans d'autres villages, et fis
» comme à Folleville. Il y eut partout grand
» concours, et partout aussi Dieu bénit mes
» faibles efforts. »

CHAPITRE VIII.

Institution des dames de la Charité.

Cependant notre saint voyait chaque jour
grandir sa réputation. La famille de Gondi l'en-
vironnait de respect et d'égards. Vincent voulut les fuir ; mais auparavant il alla trouver le
Père de Bérulle, son ami, et, sans laisser aperce-
voir les motifs d'humilité qui l'animaient, il se
contenta de lui dire qu'il se sentait pressé inté-
rieurement de se livrer tout entier, dans quelque province lointaine, au service et à l'instruction des pauvres gens de la campagne.

Le Père de Bérulle devina son ami et lui pro-
posa d'aller travailler dans la Bresse à Châtillon-
lès-Dombes, petite ville où le voisinage de

Genève avait causé bien du mal depuis un siècle. Vincent accepta cette mission, et un prêtre de l'Oratoire lui donna des lettres de recommandation pour un calviniste appelé Beynier, chez lequel il logea quelque temps, parce que le presbytère était presque entièrement ruiné. La conversion de ce calviniste fut l'heureux prix que celui-ci reçut de son hospitalité.

En arrivant à Châtillon, Vincent de Paul écrivit au général des galères pour le prier d'agréer sa retraite, alléguant pour excuse qu'il n'avait pas assez de talent pour continuer l'éducation de ses enfants. M. de Gondi, profondément affligé de cette détermination, en écrivit aussitôt à son épouse, dont la douleur ne fut pas moins vive, et lui recommanda de mettre tout en œuvre pour ramener Vincent, ajoutant qu'un sous-gouverneur pourrait, au besoin, l'assister dans les parties de l'éducation dont il ne jugerait pas à propos de se charger. La comtesse employa près de Vincent de Paul les sollicitations les plus fortes et les plus pressantes; elle lui dépêcha même Dufresne, leur ami commun. La réponse de Vincent coûta sans doute à son cœur, car il aimait et honorait sa digne bienfaitrice; mais il n'avait pas pris sa résolution à la légère. Il promit cependant de faire, dans deux mois, un voyage à Paris.

Le saint se mit aussitôt à l'œuvre. Assisté de quelques ecclésiastiques qu'il réunit autour de lui, il employait les journées à prier, à confesser, à soigner les malades, et à secourir les pauvres. Ayant un jour recommandé au prône une pauvre famille réduite à la plus affreuse détresse, il toucha tellement son auditoire, qu'après l'office il vit la route couverte de gens qui se dirigeaient vers la demeure de cette pauvre famille; en sorte qu'elle allait se trouver comme accablée tout d'un coup de secours, qu'il eût mieux valu ménager pour les distribuer avec ordre et mesure.

Vincent de Paul comprit alors que la charité elle-même a besoin d'être réglée. Il assembla donc quelques pieuses dames disposées à se consacrer au service des pauvres et des malades, et leur donna des statuts dont voici un paragraphe :

« Chaque associée, à son tour, ira soigner les malades. On préparera leur nourriture, on les servira de ses propres mains. On en usera à leur égard comme une mère pleine de tendresse en use à l'égard de son fils unique. On leur dira quelques petits mots de notre Seigneur, et on tâchera de les égayer et de les réjouir s'ils paraissent trop frappés de leur mal. »

Parmi ces dames, l'une fut nommée présidente, et une autre trésorière. Dans des assemblées générales tenues chaque mois, on devait rendre compte du bien qui avait été fait, et s'occuper de celui qui restait encore à faire.

Telle fut l'origine de ces confréries charitables qui seules peuvent apporter un remède efficace aux maux qui, parmi nous, accablent les classes pauvres de la société. Depuis quelque temps, on propose en France un riche prix à celui qui trouvera ce remède. A quoi bon le chercher! Il est dans l'Évangile : c'est Jésus-Christ qui l'a proclamé le premier, et Vincent de Paul n'a fait que nous le rappeler.

CHAPITRE IX.

Retour de Vincent de Paul à Paris. — Ses réformes dans les prisons.

Lorsque le moment fut venu où Vincent de Paul, pour tenir sa promesse, dut retourner à Paris, la douleur fut aussi profonde parmi ses paroissiens de Châtillon qu'elle l'avait été, dans une occasion semblable, parmi ceux de Clichy. Vincent les consola par les discours les plus affectueux, par les aumônes les plus abondantes;

et comme s'ils prévoyaient dès lors la gloire future du saint qu'ils allaient perdre, chacun d'eux voulut garder de lui quelque relique. Vincent leur distribua tout ce qu'il possédait, jusqu'à ses habits et son linge ; mais il leur fit un legs bien plus précieux, en laissant dans leurs cœurs son esprit de charité et l'exemple de toutes les vertus qui brillaient dans sa personne.

A peine fut-il parti que les dames qu'il avait réunies en société eurent une belle occasion d'appliquer ses préceptes et ses leçons. Une famine suivie de maladies contagieuses désola le pays. Les vertueuses dames de charité soignèrent les malades avec un zèle admirable, et, comme elles avaient de la fortune, elles fournirent aux pauvres les remèdes et les aliments. Le comte de Rougemont imita leur exemple. Ce seigneur, d'abord si tristement fameux par ses duels, ramené plus tard par les discours de Vincent à des sentiments chrétiens, vendit une portion de ses biens pour en donner le prix aux pauvres.

De retour à Paris, Vincent de Paul n'exerça plus qu'une simple inspection sur l'éducation des fils de M. de Gondi, et reprit avec une nouvelle ardeur ses missions dans la campagne, d'abord à Villepreux, puis dans les diocèses de

Sens, de Beauvais et de Soissons. Les fruits en
furent abondants, et Madame de Gondi, qui
avait obtenu de Vincent qu'il ne la quitterait
plus et qu'il l'assisterait à sa dernière heure,
aidait de tout son pouvoir les vertueux missionnaires qui s'étaient ralliés autour de saint
Vincent.

Par le crédit de M. de Gondi, général des
galères, le saint se fit aisément ouvrir les prisons. A cette époque, les forçats, que l'on n'a-

vait pas encore dirigés sur les ports de mer,
étaient pour la plupart détenus dans les cachots

humides et malsains de la Conciergerie. Leur
misère était affreuse. Ces malheureux étaient,
dit Abelly, *mangés de vermines, exténués
de langueur, et entièrement négligés pour
le corps et pour l'âme.* Les entrailles du saint
en furent émues; mais la pitié, cette affection si
frêle chez la plupart des hommes, et qui bien
souvent naît et meurt dans le temps qu'il faut
pour prendre une pièce de monnaie, la pitié, di-
sons-nous, n'était jamais stérile chez saint Vincent. Un de ses premiers soins fut de procurer
aux forçats une demeure plus salubre. Avec l'approbation de M. de Gondi, il loua et fit préparer dans le faubourg St-Honoré une maison
dans laquelle il conduisit et installa lui-même,
tant ceux qui gémissaient à la Conciergerie, que
ceux que renfermaient encore les autres prisons de Paris.

Alors Vincent commença des prédications
dont les fruits furent merveilleux. Un peu de
bien-être, joint aux douces paroles du ministre
de l'évangile, dompta ces cœurs rebelles. On les
vit aller à confesse, et s'approcher de la sainte-
table avec des sentiments de crainte, de recon-
naissance et d'amour.

CHAPITRE X.

Vincent de Paul, aumônier-général des galères, et supérieur des religieuses de la Visitation. — Voyage de Marseille.

Ce changement prodigieux parvint aux oreilles de Louis XIII. Ce prince voulut en étendre le bienfait à toute la France, et, par un brevet du 8 février 1619, nomma Vincent de Paul aumônier-général de toutes les galères du royaume. Ces hautes fonctions ne pouvaient être confiées à de plus dignes mains, mais quelle tâche! Il ne fallait pas moins que l'infatigable zèle du saint pour une aussi vaste et aussi pénible mission.

Peu de temps après, saint François de Sales, ce grand évêque qui disait que l'on doit choisir un directeur entre dix mille, manifesta l'opinion qu'il avait de Vincent de Paul en le nommant supérieur des religieuses de la Visitation, que sainte Jeanne-Françoise Fremiot de Chantal avait récemment établies dans la rue Saint-Antoine.

Afin de se mieux préparer à ses devoirs d'aumônier-général, Vincent fit cette même année les exercices spirituels à Soissons. Là, s'étant aperçu que son air naturellement grave, avait quelque chose de trop austère qui pouvait effaroucher de prime-abord ceux qui le voyaient pour la première fois, il fit tant par la prière et par une attention continuelle sur lui-même, qu'il parvint à se corriger ; en sorte que désormais on a pu dire de lui ce qu'il disait lui-même de son illustre ami saint François de Sales : qu'*il était difficile de trouver un homme dont la vertu s'annonçât sous des traits plus aimables et plus capables de gagner à Dieu tous les cœurs.*

En 1622, Vincent fit un voyage à Marseille. Écoutons le récit qu'il nous a laissé lui-même de ses premières impressions et de ses occupations sur les galères. « Je vis en arrivant, dit-il, un spectacle des plus pitoyables qu'on puisse s'imaginer : des criminels, doublement misérables, plus chargés du poids insupportable de leurs fautes que de la pesanteur de leurs chaînes, accablés de tant de misères qu'elles leur ôtaient le soin et la pensée du salut, et les portaient incessamment au blasphème et au désespoir. C'était une véritable image de l'enfer : on n'entendait parler de Dieu que pour le renier, et de sa providence que pour la maudire. Touché de compassion envers ces pauvres forçats, je me mis en devoir de les consoler et de les attirer le mieux qu'il me fût possible; et surtout j'employai tout ce que la charité put me suggérer pour adoucir leurs esprits, et les rendre par ce moyen susceptibles du bien que je désirais procurer à leurs âmes. J'écoutais leurs plaintes avec patience; je compatissais à leurs peines; j'embrassais leurs fers pour les rendre plus légers; j'employais tout ce que mes prières et mes remontrances avaient de force pour que les officiers les traitassent avec plus d'humanité. »

Afin d'éviter les honneurs attachés à sa di-

gnité d'aumônier-général et pour voir l'état

des choses, Vincent visitait les galères *incognito*. L'on rapporte à cette époque une aventure qui n'est pas appuyée sur des documents authentiques, mais dont l'invention même prouve jusqu'où l'on pensait que pouvait aller la charité de saint Vincent de Paul. Un jour, dit-on, parcourant les galères, il aperçut un forçat qui se désespérait, parce que sa femme et ses enfants étaient demeurés sans ressources. Vincent jugea que la vertu n'était pas morte dans cet homme. Il conjura l'officier commandant de lui accorder un congé de quelques semaines, et prit lui-même sa place parmi les criminels!

CHAPITRE XI.

Voyages de Mâcon, de Bordeaux et de Pouy.

Lorsque Vincent de Paul eut ainsi soulagé bien des misères, consolé bien des infortunes, et ramené à Dieu bien des âmes, il reprit à grandes journées le chemin de Paris.

En passant à Mâcon, il se vit entouré par un grand nombre de mendiants que leur multitude rendait audacieux, et qui vivaient dans un désordre épouvantable. Il entreprit d'y remédier, et, chose étonnante! il en vint à bout en moins de trois semaines. Avec l'approbation de l'évêque et l'agrément des magistrats, il fit un règlement selon lequel tous ces pauvres furent partagés en plusieurs catégories. Il établit ensuite deux associations, l'une d'hommes, l'autre de femmes. Chacun des associés eut son emploi : les uns soignaient les pauvres malades ; les autres, ceux qui n'avaient d'autre mal que la pauvreté ; ceux-ci étaient chargés des pauvres appartenant spécialement à la ville ; ceux-là, des étrangers auxquels on donnait l'hospitalité d'une nuit et quelque secours d'argent. Ce plan si simple produisit en peu de jours les plus excellents effets. La ville rentra dans le calme, et tous ces malheureux, pourvus d'habits et d'aliments, eurent le temps de songer à leur salut.

Pour se dérober aux honneurs que lui préparaient les échevins, la noblesse et les principaux habitants de Mâcon, Vincent voulut quitter secrètement la ville ; les prêtres de l'Oratoire seuls, chez lesquels il logeait, en furent informés. Ceux-ci étant entrés dans sa chambre de grand matin afin de lui dire adieu, aperçurent qu'il couchait sur la paille et portait un cilice. Le saint continua ces mortifications et plusieurs autres jusqu'à sa mort. L'absemblée du clergé tenue à Pontoise trouva si belle l'association que Vincent de Paul venait d'établir à Mâcon, que, par délibération du 17 novembre 1623, elle en recommanda l'adoption à tous les évêques du royaume.

Très-peu de temps après son retour à Paris, Vincent partit pour Bordeaux où il y avait alors dix galères. Le cardinal de Sourdis, archevêque de cette métropole, prélat que ses vertus faisaient considérer comme un autre saint Charles, lui donna pour assistant vingt ecclésiastiques choisis dans les divers monastères de la ville. Vincent les distribua, deux à deux, sur chaque galère, et, comme un général habile, il ne se réserva aucun poste fixe, et se porta partout où sa présence était nécessaire. L'histoire a conservé le souvenir d'un mahométan qui, persuadé par le pieux missionnaire, se convertit au christianisme, et reçut le nom de Louis.

Vincent se trouvait alors dans le voisinage de son pays natal. Il éprouva le désir bien naturel de revoir ses parents ; mais ce fut pour les fortifier dans la vertu et leur apprendre à chérir la bassesse de leur condition. Avant de quitter sa famille, il alla nu-pieds, en procession, depuis l'église de Pouy jusqu'à la chapelle

de Notre-Dame de Buglosse, son premier oratoire. Il y célébra la messe; puis, ayant ras-
semblé autour d'une table frugale ses frères,
ses sœurs et tous ceux auxquels il était attaché
par les liens du sang, il leur donna un petit re-
pas d'adieu, et les conjura de ne jamais chercher
à sortir de l'humble état où Dieu les avait fait
naître.

CHAPITRE XII.

Établissement du collège des Bons-Enfants.

En s'éloignant des lieux témoins des inno-
centes joies de son enfance, le saint ne perdit
pas de vue ses compatriotes. A sa prière, de
vertueux ecclésiastiques firent une mission à
Pouy et dans les environs, tandis que lui-même
en entreprenait une autre dans le diocèse de
Chartres.

Les heureux résultats de ces saints exercices
déterminèrent madame de Gondi à offrir,
par l'intermédiaire de Vincent, aux pères de la
compagnie de Jésus et de l'Oratoire une somme
de 16,000 livres pour qu'ils prissent l'engage-
ment de faire une mission tous les cinq ans
dans ses terres. La Providence permit que ces

religieux ne pussent accepter l'offre ; elle avait
ses vues, et ce fut la comtesse de Joigny qui
en seconda la réalisation. Cette excellente dame
conçut la pensée de former une communauté
perpétuelle, destinée aux missions. Son frère,
alors archevêque de Paris, applaudit à cette
heureuse idée, et s'empressa de donner le collége des Bons-Enfants, où il établit Vincent
avec le titre de principal. M. et madame de
Gondi dotèrent cette maison de 40,000 livres,
sous la condition expresse que les ecclésiastiques de cette communauté n'exerceraient leur
ministère que pour les habitants des campa-
gnes, les prisonniers et les galériens.

Vincent de Paul était digne d'être à la tête
d'une aussi sainte et aussi belle institution.
Plein d'une douce charité, il comprenait les besoins spirituels des classes les plus délaissées et
les plus viles aux yeux du monde, et savait
mesurer toute l'étendue des devoirs de ceux
qui se dévouent noblement au salut des pauvres âmes. « L'état des missionnaires, disait-il,
est une situation conforme aux maximes de
l'Évangile, qui consistent à tout abandonner,
à tout quitter, comme les apôtres, pour suivre
Jésus-Christ. Y a-t-il rien de plus chrétien que
de s'en aller de village en village, afin d'aider

le pauvre peuple dans ses misères? Voilà que j'ai été obligé de coucher sur la paille; et pourquoi? pour faire aller des âmes en paradis par l'instruction et la souffrance. N'est-ce pas suivre les avis de notre Seigneur? Lui-même ne s'est-il pas abaissé jusqu'à se revêtir d'une enveloppe mortelle? Voulons-nous profiter de sa doctrine, travaillons à l'humilité; car, plus quelqu'un sera humble, plus il deviendra charitable envers le prochain. Le paradis des missionnaires, c'est la charité; or la charité est l'âme des vertus, et c'est l'humilité qui les attire et qui les garde. Il en est des compagnies humbles comme des vallées, qui attirent sur elles tout le suc des montagnes. Dès que nous serons vides de nous-mêmes, Dieu nous remplira de lui. Humilions-nous donc de ce que Dieu a daigné jeter les yeux sur cette petite compagnie pour sauver son Église: si toutefois on peut appeler compagnie une poignée de gens, pauvres de naissance, de science et de vertu, sorte de rebut du monde. Je prie Dieu tous les jours pour qu'il nous anéantisse, si nous ne sommes pas utiles à sa gloire. »

La fondation du collége des Bons-Enfants date du 17 avril 1625. Ce fut la dernière bonne œuvre de la comtesse de Gondi, qui, le 23 juin

de la même année, rendit à Dieu sa belle âme.
Cette femme vertueuse n'avait que quarante-
deux ans. Vincent de Paul fut chargé de porter
l'affreuse nouvelle de cette mort à M. de Gondi,
alors en Provence. Il lui donna toutes les con-
solations que suggère, en pareille circonstance,
une amitié tendre et religieuse, et lui demanda
la permission de se retirer au collége des Bons-
Enfants pour y donner désormais tous ses soins
à sa communauté.

La nouvelle association, entourée, dès son
berceau, de l'estime publique, obtint, malgré
les efforts du démon, l'autorisation de Louis XIII.
Le parlement la reconnut; et le pape Ur-
bain VIII l'érigea bientôt après en congrégation.

CHAPITRE XIII.

**Nouvelles missions. — Retraites ecclésiastiques.
— Mademoiselle Legras. — Humilité de Vincent de Paul.**

Vincent de Paul regardait comme perdus
tous les instants qui n'étaient pas consacrés à
une bonne-œuvre. Ingénieux, infatigable à
trouver les moyens de faire le bien, ce nouvel

apôtre étendit partout le bienfait des missions.
Au milieu de tous ses travaux, une pensée grave
le préoccupa vivement. Pour former de bons
chrétiens, il faut de bons pasteurs. Or, à l'é-
poque où vivait le saint, les élèves destinés à
l'état ecclésiastique, séparés les uns des autres,
ne pouvaient acquérir qu'avec beaucoup de
temps et de peine les vertus du prêtre et la
science des âmes. Vincent résolut d'établir des
séminaires, pieux asiles où se forment si bien
les jeunes lévites. Le cardinal de Richelieu sut
apprécier l'avantage de ces pépinières ecclésiastiques, et favorisa Vincent de tout son pouvoir.
L'expérience a prouvé toute la sagesse de cette
importante institution de notre saint.

Mais ce n'était pas assez de former de dignes
ministres du Seigneur. Le zèle peut parfois se
refroidir dans le cœur des prêtres les plus vertueux. Pour le réchauffer, Vincent de Paul conçut l'heureuse idée des retraites cléricales. La
première eut lieu à Beauvais, à la prière de
M. de Gèvres, évêque de cette ville. Ainsi que
les séminaires, ces retraites se propagèrent
bientôt dans toute la France et jusque dans
l'Italie.

Vincent aurait peut-être succombé sous le
poids de ses occupations, si le ciel, pour pré-

parer un secours nécessaire contre les temps calamiteux qui allaient arriver, ne lui eût envoyé l'assistance efficace de Louise de Marillac, veuve d'Antoine Legras, secrétaire de Marie de Médicis. Cette incomparable femme, dont le nom sera vénéré aussi long-temps que celui de saint Vincent de Paul, était dirigée par François de Sales, qui, devenu évêque, lui donna Vincent pour directeur. Mademoiselle Legras, qui bientôt mérita le titre glorieux de *tendre mère des pauvres*, conçut le pieux dessein

de se consacrer entièrement à leur service.

Mais ce ne fut qu'en 1629, après une sorte de
noviciat, qui dura quatre années, que Vincent
lui permit de se livrer librement à sa vocation.
Rien ne la rebutait, aucune occupation ne lui
paraissait répugnante. Elle faisait les lits, pan-
sait les plaies, bravait la contagion, et visitait
les lieux où l'on avait établi des confréries. Arrivée dans un village, elle assemblait les membres de l'association, échauffait leur zèle, et leur
donnait les instructions dont ils avaient besoin
pour bien remplir leurs devoirs. A ses discours
se joignaient des aumônes, du linge, des médi-
caments. Elle instruisait de jeunes filles, et
formait des maîtresses d'école. Pour tout dire,
en un mot, c'était la femme forte dont parle
l'Esprit-Saint.

Elle parcourut successivement les diocèses
de Senlis, de Beauvais, de Soissons, de Meaux,
de Chartres, de Châlons en Champagne, por-
tant toujours avec elle une instruction écrite
de la main de Vincent, qui avait pour cette vertueuse dame une affection paternelle. Voici en
quels termes il lui écrivait dans l'une de ses
lettres : « Béni soit Dieu de ce que vous voilà
arrivée en bonne santé ! Ayez donc soin de la
conserver pour l'amour de notre Seigneur et de
ses pauvres membres, et prenez garde de n'en

pas trop faire; car c'est une ruse du démon,
dont il se sert pour tromper les bonnes âmes,
de les exciter à faire plus qu'elles ne peuvent,
afin qu'elles ne puissent plus rien faire. L'esprit de Dieu, au contraire, excite doucement à
faire avec raison, afin qu'on l'accomplisse avec
persévérance. Faites donc ainsi, mademoiselle,
et vous agirez dans l'esprit de Dieu. Lorsque
vous serez louée et estimée, unissez votre esprit au mépris, aux moqueries et aux affronts
que le Fils de Dieu a soufferts. Certes un esprit vraiment humble est humilié par les honneurs autant que par les mépris, et fait comme
l'abeille, qui compose son miel aussi bien de la
rosée qui tombe sur l'absinthe que de celle qui
tombe sur la plus douce des fleurs. J'espère
que vous en userez ainsi. »

Cette vertu, qu'il recommande ici avec tant
de chaleur, Vincent la pratiquait dans toute son
étendue, dans toute sa rigueur évangélique. On
en rapporte des traits étonnants. Un jour, accusé en pleine assemblée, par l'archevêque de
Paris, d'avoir omis de remplir une mission
dont il l'avait chargé, Vincent, alors âgé d'en-
viron cinquante ans, et quoiqu'il eût tout fait
pour la réussite des desseins de l'archevêque, se
mit à genoux devant ce prélat et demanda par-

don de la faute qu'il n'avait pas commise. Une

autre fois, ayant exhorté vivement et avec in-
sistance ses prêtres à se charger d'une mission
difficile, ceux-ci en furent effrayés. Dès que
Vincent de Paul s'aperçut que sa fermeté leur
déplaisait, il se mit à genoux et leur en demanda
pardon. Les prêtres n'hésitèrent plus. Enfin,
pendant les troubles de la Fronde, un brutal
l'injuria grossièrement et lui donna un soufflet.
Vincent s'agenouilla devant ce misérable, et,
se conformant strictement au précepte de l'É-
vangile, il tendit l'autre joue. Cet homme en
fut si touché, qu'il vint lui-même le lendemain

solliciter son pardon. Vincent le reçut avec la plus grande bienveillance, le retint quelques jours, et parvint à lui inspirer des sentiments plus dignes d'un chrétien.

CHAPITRE XIV.

Établissement de Vincent de Paul à Saint-Lazare.

Adrien Lebon, prieur de Saint-Lazare, résolut, pour des motifs qu'il est inutile de rapporter ici, de céder sa maison à Vincent de Paul. Il alla trouver le saint au collége des Bons-Enfants, et lui fit part de sa détermination. Frappé d'étonnement, Vincent ne savait que répondre : « Quoi, monsieur, vous tremblez! » lui dit le prieur. « Il est vrai, monsieur, répliqua Vincent de Paul, que votre proposition m'épouvante; elle me paraît si fort au-dessus de nous, que je n'ose y penser. Nous sommes d'indignes prêtres qui vivons dans la simplicité, sans autre dessein que de servir les pauvres de la campagne; nous vous sommes grandement obligés de votre bonne volonté. » Ce ne fut qu'après plus d'un an de sollicitations, et sur l'avis formel de M. André Duval, docteur de

Sorbonne, qui, depuis la mort du cardinal de Bérulle, était l'ami le plus cher et le conseiller le plus respecté de saint Vincent de Paul, que celui-ci accepta, et, le 7 janvier 1632, il fut installé à Saint-Lazare par l'archevêque de Paris (1).

Alors il s'occupa de nouveau des forçats, obtint du roi une ancienne tour pour loger ces malheureux, les fit instruire par deux de ses prêtres, et pourvut presque seul à leurs besoins pendant près de dix ans. Plus tard, il fit construire pour eux, à Marseille, un hôpital auquel Louis XIV accorda douze mille livres de rente.

Notre saint établit en même temps une conférence ecclésiastique qui se tenait tous les mardis à Saint-Lazare, et dont la renommée arriva jusqu'au roi, qui en promut les principaux membres aux premières places de l'Église. C'est de cette conférence que sortirent les illustres fondateurs de Saint-Sulpice et des Missions étrangères.

Vincent parvint, non sans peine, à faire donner par ses prêtres une mission dans le faubourg Saint-Germain, qui était alors un véritable

(1) On doit tous ces détails à M. de Lestocq, docteur de Sorbonne.

foyer de libertinage et d'impiété. Enfin, sa charité ne connaissant pas de bornes, il voulut que sa maison fût ouverte à tous les laïcs qui désiraient faire une retraite ; sans distinction de rang ni de fortune, tous y étaient admis, instruits, nourris et logés. La foule s'y porta. Lorsqu'on faisait observer à Vincent qu'il ruinait sa maison : « Le Seigneur y pourvoira, répondait-il ; si vous n'avez pas assez de chambres, prenez la mienne ! » Sa charité ne s'en tint pas là : il logea et soigna lui-même, à Saint-Lazare, plusieurs pauvres malades et quelques aliénés.

CHAPITRE XV.

Institution des Sœurs de la Charité.

Des associations charitables s'étaient formées à Beauvais, à Meaux, à Gonesse, et avaient produit les plus heureux effets. A Paris, en 1629, madame Legras avait réuni dans la paroisse de Saint-Nicolas-du-Chardonnet cinq ou six dames de sa connaissance. En 1631, l'archevêque de Paris confirma l'établissement de ces assemblées, qui se réunirent successivement dans plusieurs autres paroisses. Des dames de haute condition demandèrent à s'y faire agréger. Ce devint une mode; mais toute mode passe bien vite, surtout chez un peuple aussi frivole que le nôtre. Cependant, notre Seigneur a dit : « Il y aura toujours des pauvres parmi vous, » et les souffrances du pauvre sont permanentes. Vincent voulut donc y porter un remède permanent.

D'abord le zèle des dames de la charité fut admirable, elles allaient jusqu'à braver dans les hôpitaux les maladies contagieuses; et mademoiselle Legras, entre autres, eut le courage de soigner des pestiférés. C'est à cette occasion que Vincent de Paul lui écrivait ce qui suit : « Je sais les malades que vous avez visités; je vous avoue, mademoiselle, que cela m'a tellement attendri le cœur que je fusse parti à l'heure pour aller vous voir. Mais la bonté de Dieu sur les personnes qui se donnent à lui pour le service des pauvres me fait avoir une très-entière confiance que vous n'en aurez point de mal. Croiriez-vous, mademoiselle, que non-seulement je visitai feu M. le sous-prieur de Saint-Lazare, qui mourut de la peste, mais que je sentis son haleine, touchai ses mains; et néanmoins, ni moi, ni nos gens qui l'assistèrent, n'en avons point eu de mal ! No-

tre Seigneur veut se servir de vous pour quelque chose qui regarde sa gloire, et j'estime
qu'il vous conservera pour cela. Je célébrerai
la sainte messe à votre intention. »

Mademoiselle Legras survécut en effet trente
ans encore à ces rudes épreuves, et son zèle ne
se refroidit pas un seul instant. Mais ses compa-
gnes n'étaient pas capables de tant d'héroïsme.
Saint Vincent de Paul jugea qu'il fallait leur
donner de l'assistance. Il prit si bien ses me-
sures que le succès dépassa toute attente. Il
choisit dans la campagne trois jeunes filles disposées à se vouer au célibat et au service des
pauvres. Il les mit sous la direction de mademoiselle Legras. D'autres jeunes personnes sui-
virent cet exemple et vinrent s'offrir d'elles-
mêmes. C'est de cette petite ruche que sortirent
ces nombreux essaims de sœurs de la Charité
qui, s'étendant de proche en proche, couvrirent
bientôt la France, où, depuis cette époque,
elles n'ont cessé de soigner les pauvres malades,
dans leurs maisons, dans les hôpitaux et même
dans les armées, où Dieu bénit leur zèle et les
couvre de sa protection. On rapporte à ce sujet
des traits qui tiennent du miracle. Ainsi, par
exemple, une de ces filles étant occupée à servir un malade dans le faubourg Saint-Germain,

la maison s'écroula, et, des trente personnes qui étaient dans le bâtiment, il n'y eut que la sœur et un petit enfant de sauvés !

Saint Vincent osa même envoyer ses saintes filles parmi les infidèles et dans les contrées les plus lointaines. Partout ces héroïnes marquèrent leurs pas de mille bienfaits. Les règlements que leur donna le saint sont regardés avec raison comme un chef-d'œuvre de sagesse et de charité.

CHAPITRE XVI.

Missions dans les Cévennes, aux armées et à la cour. — Calamités de la Lorraine, de la Champagne et de la Picardie. — Vincent de Paul membre du conseil de régence.

Les dernières années du règne de Louis XIII furent marquées par des guerres continuelles, durant lesquelles les missionnaires et les sœurs de la Charité n'eurent que trop d'occasions de se signaler. Une mission partit pour les Cévennes et convertit une soixantaine de protestants, tout en évitant avec soin des controverses irritantes. D'autres allèrent aux armées et s'acquittèrent dignement de leurs saintes fonctions au milieu du tumulte des armes. D'autres enfin, à la demande de Louis XIII, affrontèrent par deux fois les railleries de la cour, et, comme autant de Brydaines, montrèrent aux courtisans libertins, aux grandes dames mondaines *leur grand Dieu prêt à les juger.*

En 1636, les préparatifs de guerre transfor-mèrent Saint-Lazare en une sorte d'arsenal. Mais ce fut principalement en Lorraine que la charité du saint et de ses disciples trouva un vaste champ à exploiter. Cette province, envahie par les armées ennemies, était en proie aux calamités les plus affreuses. Les missionnaires et les sœurs y portèrent des secours de toute espèce. On assure que Vincent trouva le moyen d'y faire passer près de deux millions, dans un temps où le trésor royal était tout à fait épuisé. Ses messagers avaient recours aux ruses les plus ingénieuses pour arriver jusqu'aux infortunés qu'ils voulaient secourir. On ne peut lire sans attendrissement le détail de ces faits, qu'un cadre trop restreint nous force d'indiquer d'une manière rapide. Plus tard, la Picardie et la Champagne, dans des circonstances semblables, eurent part aux mêmes bienfaits.

Vincent convoqua une assemblée générale de toutes ses congrégations en 1642, et, après leur avoir donné d'admirables règlements, il se mit à genoux et abdiqua son titre de supérieur-général; mais un suffrage unanime obligea le saint à garder un titre que nul homme n'aurait osé prendre pendant sa vie. Le cardinal de Richelieu mourut la même année, et Louis XIII ne survécut pas six mois à son ministre. Ce prince voulut expirer dans les bras de Vincent de Paul. Celui-ci s'efforça de préparer le monarque au grand passage de l'éternité, et il eut le bonheur de le voir mourir avec des sen-

timents d'une tendre et pieuse résignation à
la volonté de Dieu. Anne d'Autriche, deve-
nue régente, pleine d'estime pour la prudence
et la vertu de l'humble prêtre, le nomma
membre du conseil de conscience pour les affaires ecclésiastiques. Pendant dix ans, Vincent
de Paul s'acquitta de ses obligations avec une
rare intégrité et une profonde sagesse. Sa con-
duite ferme et inébranlable lui attira bien des
ennemis; mais, toujours humble, il supporta
tout avec cette douce patience qui formait
comme le fond de son caractère. Il se rendait
au conseil, aussi simplement vêtu que lorsqu'il
allait instruire les habitants de la campagne.
Un jour, le jeune Condé, tout rayonnant encore des palmes de Rocroi, voulait le faire
asseoir auprès de lui. « Votre altesse ignore-
t-elle, lui dit Vincent de Paul, que je suis le
fils d'un paysan? — La sagesse et la vertu,
répliqua dignement le héros, sont la noblesse
de l'homme. » Et il combla d'éloges celui qui,
à une humilité si grande, joignait tant de
vertu, de science et de mérite.

CHAPITRE XVII.

Maladie de Vincent de Paul. — Établissement des Enfants-Trouvés.

Cependant les occupations multipliées, l'âge et les austérités avaient épuisé les forces de Vincent : il finit par ressentir les atteintes d'une maladie grave (1645). Cet événement plongea dans le deuil les amis du saint ; mais personne n'y prit plus de part qu'un de ses jeunes prêtres malade lui-même. Dès que celui-ci eut appris les dangers que couraient les jours du juste, il offrit sa vie pour sauver celle de son maître bien-aimé. Dieu accepta le sacrifice : le jeune lévite mourut, et Vincent recouvra la santé.

C'est alors que le saint, dont la charité s'étendait à tout, abaissa ses regards compatissants sur une grande misère, qui affligeait l'humanité et la religion, Avant lui, les enfants, victimes du libertinage et de l'indigence, étaient exposés sur les places publiques ou à la porte des églises. Quelques-uns étaient adoptés par des personnes charitables ; d'autres, en bien plus grand nombre, étaient enlevés par les commissaires du Châtelet, et portés rue Saint-Landry, dans un lieu appelé *la Couche*, où une femme se chargeait de les élever. Cette femme était assistée de nourrices mercenaires, qui prenaient peu de soin de ces pauvres créatures, et les laissaient périr presque toujours de misère. A la prière de Vincent, quelques dames charitables en prirent douze, qu'elles confièrent aux soins de mademoiselle Legras et de ses filles. Peu à peu le nombre augmenta. La munificence royale vint en aide à la charité particulière. Anne d'Autriche accorda sur le trésor une rente de 12,000 livres. Mais, hélas! l'entretien des petits orphelins dépassait déjà 40,000 livres par année. Que fit Vincent? il convoqua une assemblée générale, et, après avoir rendu compte aux bienfaitrices de l'emploi de leurs fonds, il fit apporter par les nourrices quelques-uns de ces enfants; puis i ajouta ces mots : « Mesdames, la compassion et la charité vous ont fait adopter ces petites créatures pour vos enfants, depuis que leurs mères selon la nature les ont abandonnés. Voyez maintenant si vous voulez les abandonner aussi; cessez d'être leurs mères pour devenir leurs juges : leur vie et leur mort sont entre vos mains. Je vais prendre les voix; il est temps de prononcer leur arrêt, et de savoir si vous ne voulez plus avoir de miséricorde pour

eux. Ils vivront si vous voulez en prendre
soin ; mais, au contraire, ils périront infailli-
blement si vous les abandonnez. »

Ce discours n'est pas long ; mais, à coup
sûr, aucun orateur du monde n'en fit de plus
beau. L'effet en fut prodigieux, et depuis ce
moment nul enfant n'est abandonné ; tous ont
un père : c'est saint Vincent de Paul ! On a
rapporté que souvent le soir, par le froid le
plus rigoureux, il parcourait les carrefours et
les rues désertes, recueillant les pauvres petites
créatures qu'il trouvait exposées....

CHAPITRE XVIII.

Pillage de Saint-Lazare. — Voyage et maladie de Vincent de Paul. — Vincent réfute les jansénistes. — Fondation d'un hospice pour les pauvres.

Au milieu des troubles civils qui agitèrent le royaume sous la régence d'Anne d'Autriche, les frondeurs pillèrent Saint-Lazare, mirent le feu au bûcher, et ravagèrent une ferme dont le revenu faisait la principale ressource de cet établissement. Pour ne pas attirer de nouveaux malheurs sur sa communauté, Vincent jugea prudent de s'éloigner pendant quelque temps; mais alors même, et malgré tant de pertes, il fit, pendant trois mois, distribuer du pain à plus de deux mille pauvres de Paris. Puis il partit sous prétexte de visiter les confréries de l'ouest de la France. Son voyage, par Angers, Rennes, Saint-Brieuc et autres villes, fut mêlé de souffrances et de dangers.

Vincent tomba malade à Richelieu. On lui dépêcha aussitôt l'infirmier de Saint-Lazare; et la duchesse d'Aiguillon lui envoya, pour son retour, un carrosse que la maladie le força d'accepter. Pour le déterminer à faire usage, à

Paris, de cette même voiture, la reine et l'archevêque furent contraints d'interposer leur autorité. Vincent obéit; mais dès lors cette voiture devint celle des pauvres, car il en faisait souvent monter avec lui.

La misère du peuple augmentait de plus en plus, et la charité de Vincent suivait la même proportion. Aidé par mademoiselle Legras et par ses saintes filles, il distribuait chaque jour dans Paris de la soupe à quatorze ou quinze mille pauvres. Une inondation affligea Genevilliers. Aussitôt deux missionnaires s'y rendirent avec des charrettes chargées de pain et de tous les autres objets nécessaires aux malheureux submergés.

Tandis que saint Vincent de Paul exerçait ainsi sa charité, il ne montrait pas moins d'attachement pour la doctrine de l'Église. Il s'éleva fortement contre les erreurs des jansénistes, sans s'inquiéter des injures de ces hérétiques.

Il avait atteint sa soixante-dix-huitième année, lorsqu'un bourgeois de Paris, qui voulut rester inconnu, mit à sa disposition une somme considérable. Vincent profita de cette occasion favorable pour essayer d'apporter un nouveau soulagement aux misères humaines. Il acheta deux maisons entre lesquelles il fit bâtir une

petite chapelle, et y logea quarante pauvres
des deux sexes. Ce nouvel établissement portait le nom de Jésus. Il prospéra dans les
mains de Vincent, et l'idée en parut si heureuse que le gouvernement, malgré l'énor-
mité de la dépense, tenta de l'appliquer à tous
les pauvres de la capitale. Un dépôt de mendi-
cité fut établi à la Salpêtrière. Cette mesure fut
une ressource précieuse pour les pauvres labo-
rieux, qui trouvaient ainsi un asile et du tra-
vail; mais elle déplut aux mendiants vagabonds,
qui s'échappèrent de la capitale en chargeant
Vincent de Paul de malédictions.

CHAPITRE XIX.

**Mort de saint Vincent de Paul. — Ses funé-
railles. — Sa canonisation. — Conclusion de
l'ouvrage.**

Lorsque l'heure fut arrivée où Dieu voulut
rappeler à lui son serviteur plein de jours et
de bonnes œuvres, les infirmités de Vincent,
fruit de l'âge et de ses immenses travaux, s'ac-
crurent sensiblement. Des fièvres continuelles,
de cruelles insomnies, des ulcères aux jambes

le tourmentaient sans relâche. Il était aussi sujet à des accès de léthargie, et, en se réveillant,
le saint homme disait : « *C'est le frère qui
vient avant la sœur.* »

Vincent conserva toujours, au milieu même
des souffrances les plus aiguës, un air calme,
et une inexprimable tranquillité d'esprit. Il at-
tendit la mort avec une douce résignation
pleine d'espérance. Entouré des prêtres de sa
congrégation, et les bénissant encore de ses
mains à demi glacées, il s'endormit enfin du
sommeil des justes, le 27 septembre 1660, vers
les quatre heures du matin. Sa mort excita
d'unanimes regrets : les pauvres avaient perdu
leur père, le clergé un modèle, la société un
bienfaiteur.

A ses funérailles on vit le prince de Conti, le
nonce du pape, et un grand nombre de prélats
que suivaient en fondant en larmes les missionnaires, les sœurs et les orphelins. Les restes
mortels de Vincent furent déposés à Saint-
Lazare. Soustraits par des mains pieuses à la
fureur de ceux qui violèrent les tombeaux de
Saint-Denis, ils ont été transférés de nouveau
à la chapelle des Lazaristes, en 1830, quelques
mois seulement avant la Révolution de Juillet.

Henri de Maupas, évêque du Puy, fit l'oraison funèbre de Vincent de Paul, qui fut béatifié par Benoît XIII, le 12 août 1729, et canonisé par Clément XII, le 16 juin 1737.

Ame pure, qui maintenant jouissez dans le sein de Dieu d'un bonheur éternel, jetez sur nous un œil de compassion, inspirez-nous votre esprit, et qu'à votre prière un rayon de la grâce divine vienne amollir et réchauffer nos cœurs si durs et si froids! Faites que nous suivions vos traces, et que, guidés par le flambeau dont votre main nous éclaire, nous puissions arriver un jour à la bienheureuse immortalité!

FIN.

TABLE

www.ingramcontent.com/pod-product-compliance
Lightning Source LLC
Chambersburg PA
CBHW060806180626
46818CB00002B/715